U0505993

林在勇

　　文史学者、旧体诗人、剧作家，上海作家协会会员，中华诗词协会会员，中国戏剧文学学会理事。曾任华东师范大学副书记兼副校长、上海音乐学院书记兼院长，现任上海师范大学党委书记，诗词曲创作研究专业研究生导师。发表《心灵底片的曝光——试析莫言作品的瞬间印象方式》(1986)、《发展神话观初论》(1989)、《孔子对中国古代辩证法思想的贡献及其成因》(1991)等论文数十篇；出版《怪异：神乎其神的智慧》《玛雅的智慧——浪漫神奇的文化隐喻》《论语日讲》《张岱年学述》《见仁见智》等，主编《当代人文社科名家学述丛书》《中国文史百科·思想卷》等著作十余部。系原创音乐剧《梦临汤显祖》、歌剧《贺绿汀》、歌舞剧《2020好儿女》

总策划、作词，音乐剧《春上海1949》编剧、作词。获国家艺术基金多项。

近年出版诗词曲合集《雅颂有风——近体古体诗三百零五首》《比兴而赋——词牌创作三百零五例》《韵成入乐——散曲、杂剧二百曲牌创作合辑、附京剧曲词》《心上过天风——壬寅诗馀200首》（华东师大出版社）、《壬寅诗存400首》（作家出版社）、《谛观四季——壬寅百画诗册》（上海人民美术出版社）、《楹联类纂——林在勇原创骈言1000副》（复旦大学出版社版）、《声尘证道——林在勇歌词唱段150首》（上海音乐出版社）、《癸卯杂诗500首》（上海文艺出版社）。

王登科

（封面、插页书画）

1963 年生，辽宁海城人。历史学博士，文化学者，书画家。曾任《中国书法报》副主编，荣宝斋书法院院长，《艺术品》杂志主编。现为中国职工书画院院长，中国书协楷书专业委员会委员，中国国家画院研究员，吉林师范大学双聘教授，北京语言大学，中央民族大学，大连艺术学院，鞍山师范学院客座教授，南方科技大学"驻校艺术家"。

目录

廿四节气七绝 24 首

廿四节气词24首

廿四节气曲 24 首 [南曲]

节气曲 4 首 [北曲]

后 记

　　林在勇先生的《廿四节气诗词曲 100 首》
是一本美丽的书。诗人巧妙地以二十四节气
为媒介，串联起绝句、律诗、词、曲等不同
的体裁，营构成一座恢宏而又优雅的灵魂小
筑。其中有温暖、有温文、有温馨，奔涌着
万紫千红的流年，跃动着蓬勃旺盛的血脉，
栖居着一个美好的灵魂和诗意的人生。

廿四节气题材的诗词作品，我见过不少。但像林先生这样精致优雅而又匠心独具的巧妙建构，我还是第一次见。这些作品格律工整，词句考究，真挚地反映了岁月的风华，也展示了诗人的心路历程和情感世界。无论是精纯的语言、美丽的意境，还是敏锐的感应与洞察，都让我感受到一种非常特别的感动和震撼。

诗人用旧形式写新生活，情采飞扬、词韵灵动、思虑通透、想象新鲜，读起来感觉有巧思、有特色，给我留下非常深刻的印象。林先生在推敲词句上，也下了很多功夫。他的作品灵光闪耀，韵味很足。

节气诗词曲，贵在写出节气的细微变化和物候特征。比如大暑，他说："悬日系时停，晴光扣风住。旱荷红白当午。湿热交蒸溽滋土。人悄伏，物安生，天大暑。　　昏夕月辉生，东南海风阻。仰观河汉星数。有似初云略起处。长日子，算秋来，将几度。"再比如立秋，他说："星撒雪，月抛钩。璇玑一个消息，天道总周流。趁人睡，悄雨五更头。恰温柔，可亲可爱，此刻好晨秋。"寥寥数笔，就把相隔仅仅 15 天的时序的不同变化用具体的语言描摹了出来。他通过细致的观察和分析，用从容的笔墨摹状下来的节气物候，准确精练而又生动得体，读起来温醇美妙，像泉水一样流畅而又响亮，展示了深厚的语言功力。

除物候描述之外，我认为更重要的，是展现出一种格局宽广、情怀悲悯、热爱生命的美好态度。他用纯净的声音咏叹人生，用干净的目光打量世界，他对时间和节气的积极关切，实际也是对流年变迁、生命主题的清晰而单纯的热烈关注和参与。这些诗词曲闪耀着美的色彩和爱的光辉，是一段段个人的微观心灵史，实际上也是岁月前进的一个个生动的心灵细节，连缀在一起，就是一曲深情幽美的生命颂歌。

这本诗集，实际是诗人对精神乡愁的一种诗意抒写。我在字里行间感受到他的浩叹和沉思，他的经验与理解，他的细腻性格与澄澈情商。苏轼说腹有诗书气自华，诗既给人力量，也能浣洗人心，净化灵魂。诗人，就是诗化的人，是过滤掉一切红尘喧嚣和市井俗气。我读林先生的《廿四节气诗词曲

100 首》，感受到的就是这样一个纯净的精神映像。的确，上下求索，左右探寻，风雨跋涉，悲喜交集，世界的光怪陆离，沧桑的阴晴圆缺，一个节气又一个节气连缀起来的岁月长河，最后都浓缩成一首简单的诗——题目也仅仅只有两个简单的笔画，叫"人"!

最后，我还想说一下，林先生采用南曲形式写就的一组节气曲，特别引起我的注意。这是诗坛上一个非常稀有的品种，尤其值得深入欣赏和研究。近些年，散曲作者的队伍渐渐发展起来，散曲佳作也越来越多，但是因为种种原因，目前北曲作者居多，南曲反而成了散曲大家庭中的"少数民族"，而像林先生这样精通南曲曲律而又集中创作出精品佳什的诗人，确实是难能可贵。

笔者动手写这篇序言的时候，恰好是世界读书日的傍晚。世界读书，丰富绚烂；读书世界，辽阔深远。而我今天，只读这本《廿四节气诗词曲100首》吧——从中，我感受到共鸣的心声和共振的律动。

高昌

2024 年 4 月 23 日

北京静安居

（作者为《中华诗词》杂志主编、

中华诗词学会副会长、

中国作协诗歌委员会委员）

序二

琵琶起舞
换新声

　　这篇叫"序"实则是读后感的文章比较长。我必须啰唆，如果不讲清楚节气依然是当代所有中国人都必须遵循的时间表，那就讲不清楚林在勇先生大作的时代价值，很容易让人认为节气只属于传统，而仅仅说一些林在勇先生"学养深厚""形式新颖"之类虽然正确却浮光掠影、隔靴搔痒的话。

2022 年、2023 年，应学习强国总站和《新民晚报》"夜光杯"的邀请，我开设了"节气解读"（"节气里的中国智慧"）和"节日解读"（"节日的中国智慧"）两组专题，侥幸得到社会认可，传播量过亿。其间与人交流，发现很多人对传统文化有许多误解，其中之一就是认为传统文化只是"传统"，是只属于过去的老知识。于是乎，认为学习传统文化、喜欢传统文化，或者是怀旧，或者是增加一点修养，或者干脆就是炫耀，与现实生活其实没有多大关系。这已经不是误解，而是大错特错。比如说，二十四节气确乎是传统文化，但依然属于现代，属于当代的每一个中国人，甚至全世界都会受到其影响。

　　我们中国人日常使用公历。但是要过大

年，除夕、春节躲不掉吧？你要不要享受国家的春节长假？因为过年而导致的春运会不会直接或间接的影响到你的生活？你家孩子读书，是遵守国家因为过年而确定的寒假以及因为寒假而确定的暑假制度，还是你个人自创一套学制体系让你孩子去遵守？过年，寒假，长假，春运……遵循的都是农历。而农历的基础是二十四节气。每一个农历年多长，哪天过年、哪天大年初一，其背后的逻辑就是二十四节气。

说到这里，或许很多人还是不明白。中国的农历，骨架是"阴历的月+阳历的二十四节气"，是阴阳合历。农历的月份，是纯阴历，叫"朔望月"。初一月亮最小，叫"朔"；十五、十六月亮最大，叫"望"；最后一天，月亮看不见了，叫"晦"。一个朔望月，29.53（约数，以下同）天。如果十二个月为一年，则阴历年大约为354天。这与太阳年的365天相差了11天。一年看不出差别，几年过去差别就大了，历经十七个阴历年，大概就得在赤日炎炎的夏天过年了。于是，必须想办法与太阳年协调，这就是二十四节气。节气是太阳走一圈，365天，太阳年，属于纯阳历。纯阴历与纯阳历的"协调"办法就是闰月。哪年要闰月，闰哪个月，都是通过节气来确定的。每一个阴历月需要两个节气，如果只有一个节气，这个月就是闰上一个月，月份与上个月相同。古人总结出了"十九年七闰法"，就是十九年七个闰月，十九个农历年的长度与公历（阳历）

年的长度达到了一致。

没闰月的农历年份，354天左右；有闰月的农历年份，384天左右。什么时候过年，哪天过年，底层的逻辑就是二十四节气。当中国人一年一度的"春运"、超大规模的人口流动启动时，当全世界的旅游胜地都在中国春节长假期间铆足了劲、使出浑身解数来服务乃至"讨好"中国游客时，可能压根儿不知道是二十四节气决定了大家的忙闲。国家授权测定节气的紫金山天文台的天文学家、历法学家们，你们的工作对于这套生活方式与节奏的传承是多么重要啊！

不仅仅是过年，我们说一年分四季，春夏秋冬，也是根据立春、立夏、立秋、立冬这四个节气来划分的。你我他，都得无条件地遵守。我写此文的时候，正值仲春，为什么此时此刻是春季而不是夏季呢？因为此时是在立春和立夏两个节气之间。当然，社会分工越来越细，吃肉的人不用去放牧，吃鸡蛋的人未必要养鸡。我们自己不用测节气，只要照着国家颁布的日历去做就行了。

节气区分了春夏秋冬，决定了一个农历年从哪天开始（春节），到哪天结束（除夕），由此深度介入了所有中国人的生活。所以说，节气依然是中国人的时间表。如此说来，写节气还只是风花雪月或者单纯的发思古之幽情吗？林在勇先生以节气为主题的诗词曲，是在传播和解读中国文化的深层逻辑，功莫大焉，善莫大焉。

关于节气，还有很多误解。最典型的误

解之一，就是认为节气是农耕文化的产物。这也导致了很多人认为现在不是农耕社会所以节气已经过时。节气本质上是天文知识和依据天文知识而建立的时间体系。明末清初的思想家顾炎武说："（夏商周）三代以上，人人皆知天文。"首先是不事稼穑的统治阶级和知识分子，其次才是农夫、妇人和戍卒。在申报联合国教科文组织非物质文化遗产时，国家对节气有个准确的定义："中国人通过观察太阳周年运动而形成的时间知识体系及其实践。"节气作为一个时间体系，在农耕实践中得到了检验、应用和传播，家喻户晓、深入人心，确实与农耕有关。但是，这就像牛顿力学定理用于高铁，却不能说牛顿力学是高铁文化的产物一样。

林在勇先生是我的师兄，更准确地讲，是我的老师。他留校任教的时候，我还是研究生。我是在第二年留校的时候，才从学生"晋升"为同事的。仔细拜读林在勇先生的大作，可以说的有很多。

比如他在形式上的绝对创新。他用诗词曲三种形式（诗又分五绝和七绝，曲又分南曲和北曲）写同一个题材，不要说节气，其他题材的我也没有见过。而系统写节气题材的，唐代诗人元稹大概是鼻祖。他从立春写到大寒，二十四节气，二十四首五言律诗。如前文所说，春夏秋冬的划分也是依据节气，系统写春夏秋冬的，南宋诗人范成大算这方面的杰出代表。他晚年退居故乡石湖（在今苏州），写下了一组大型的田园诗《四时田园杂兴》,分春日、晚春、夏日、秋日、冬日五部分,各十二首七言绝句,共六十首,描写了故乡春夏秋冬四季的景色和乡民的生产生活。

与元稹、范成大这些极优秀的大诗人一样,林在勇先生的节气创作,抓住了节气的本质。节气是因太阳和地球的相对运动导致的地球受热不同所造成的变化——"变"是节气的本质,也是林在勇节气作品的主旋律。且看林在勇先生创作的"雨水",变化、运动、岁月不居,始终贯穿其中。五绝说:"时来将预春,寒雨悄然新";七绝说:"总是江南三点水,不消指日更浇花";词说:"才将新梦入春睡,见收了、雪花纷坠";曲说:"寒柳无萌意,绿草未曾先",都毫无例外地细腻而深刻地把握了雨水节气的变化。这就是杰出作品胜出平凡作品的地方。超越眼前所见，深入事物的本质，才能有古罗马诗人、批评家贺拉斯所说的"诗歌的灵魂"。林在勇先生的节气创作有着丰满且有趣的"诗歌的灵魂"，与节气"时光如流"的运动感合辙押韵。当下正是惊蛰节气。"惊蛰"作为名称，是个动名词。如果翻译成英语，应该是Awakening of Sleeping Insects。事实上，节气一半以上的名称都是动名词，比如"四立"（春、夏、秋、冬），雨（古念 yù）水、谷雨（yù）、"两分"（春、秋）、芒种、处暑、霜降……体现了古人对节气是一种运动状态的认识。这点很重要，因为当我们把动名词性质的"雨（yù）水"念成名词"雨（yǔ）

水"时，我们就已经与其原本的含义愈行愈远了。

从唐朝的大诗人元稹，到宋代的大诗人范成大，再到当代的大诗人林在勇，文化就是这么一代代传承下来的。那么我们呢，作为普通读者，正确的态度自然也是"不薄今人爱古人，清词丽句必为邻"。说到"清词丽句"，我非常喜欢林在勇先生的诗风。他和我生活在同一个城市，上海，这里属于江南。他的创作，真的非常江南。书中出现了多处"江南"的字眼，如"江南梅雨涟""江南半雨半晴风""生长江南易作人"……他把江南的妩媚，写得让人陶醉。比如《胜胜令·立冬》，"江南秋味，把个春浓。柳枝摇绿透花红。天怜见的，小阳春，煦和风。正不晓、何处立冬。几个姑娘，衫曼妙，舞惊鸿。莫非佳日久长中。鸦儿懂事，预先将，羽蓬茸。转瞬间，将变异同"。这让我想起白居易的名句，"十月江南天气好，可怜冬景似春华"。比起白居易的七律，林在勇先生用词来铺陈江南，就舒展和饱满多了。这是词的魅力，林在勇先生对词之特点的娴熟运用也可见一斑。

二十年前，我还在职场，就在自媒体上致力于诗词的传播。后来弃官从文，专事传统文化，见多了诗词的写手。诗以唐冠，词因宋传，诗词创作的高峰确实已经过去，但大多数人可能不知道，实际上当下还有许许多多的诗词创作者。诗词创作隐隐有复兴的气象，谁能说假以时日，不会再出现一个纳兰性德、龚自珍呢？不过，与诗词创作者云集景从相比，曲创作者确实少之又少，寥若晨星。

林在勇先生不但擅于曲——我不知道这与他曾经担任上海音乐学院书记、院长一职有无关联——而且他对曲的风格把握已经深入了肌理之中。在本书中，他用不同的宫调来表现不同的季节和情绪。元代戏曲音乐理论家燕南芝庵《唱论》："大凡声音各应于律吕……仙吕宫，清新绵邈；南吕宫，感叹伤悲；中吕宫，高下闪赚；黄钟宫，富贵缠绵；正宫，惆怅雄壮；道宫，飘逸清幽；大石，风流蕴藉；小石，绮丽妩媚；高平，条畅晃漾；般射，拾缀坑崭；歇指，急并虚歇；周角，悲伤宛转；双调，健捷激袅；周调，凄怆怨慕；角调，呜咽悠扬；宫调，典雅沉重；越调唱，陶写冷笑。"每一个宫调都有各自的气质，可以对应不同的季节，表达不同的情绪。这就与节气存在内在的关联。所谓"节气"，节是把绵延的时光分成一段段的；气，是气候、气象、气质。林在勇先生将节气的气质与宫调的气质有机对应在一起。比如写立春节气，林在勇先生用了曲牌"啄木儿"——四季的"春"对应五行中的"木"，"啄木儿"是一种鸟，啄木鸟或者黄鹂、莺之类的，是春天的主人。《[南曲]啄木儿·立春》"无端乐，何事欢。才过新正身乍暖。未觉他动了风天，想有历书儿管。立春更将元宵伴，佳人好花应相唤，整起香风灯月观。""啄木儿"属于"黄钟宫"，燕南芝庵说它的特征是"富贵缠绵"——我想起了《红楼梦》里的元春——林在勇先生的曲作是不是已经得到了"富贵缠绵"的精髓？同理，写立秋节气时，林在勇先生用了曲牌"朝天歌"，这属于"双调"，"健捷激袅"是其风格，这让我想起刘禹锡那句著名的"晴空一鹤排云上，便引诗情到碧霄"。类似的例子比比皆是，林在勇先生如此这般，肯定不是无意为之，而是精心谋划、孜孜以求了，读者诸君当好好体会。

拜读林在勇先生的大作，想说的还有很多。但此文已经太长，就此打住。最后再记一件事。去年，拙作《诗画光阴：中国人的节气和节日》出版时，林在勇先生第一时间写下《七绝·读韩可胜兄著〈诗画光阴：中国人的节气和节日〉》，"天道长情寄四时，民生物候各书之。感君厚古斯文在，不薄今人引我诗"。今录于此，表同好之间惺惺相惜之情。

日涉斋主人　韩可胜

甲辰惊蛰于浦东

（作者为上海江东书院创始人，

"学习强国"节气专题主讲人）

序三 《廿四节气诗词曲100首》读后

　　斗转星移，圭表测影，太阳黄经，这是起于先秦时的节气之文化表象，其中的科学性、民俗性是指导古代生产生活的重要价值所在。始于立春，终于大寒，周而复始，自成系统，它将农耕文明所倚重的干支古历而建元，它是中华传统文化中的经典。早在春秋时期就有"日南至、日北至"之说，这是节气说的早期表现，其成形是在战国后期吕不韦所撰的《吕氏春秋》"十二月纪"中，立春、冬至等八个节气名称为西汉初年（公元前179—前121年）的《淮南子·天文训》所用，该书中的二十四节气之说自行完备，"帝张四维，运之以斗，月徙一辰，复返其所，正月指寅，十二月指丑，一岁而匝，终而复始"，这是刘安及其门生对天文、农事、物候和民俗的巧妙结合，也在两千余年的传承中衍生了大量与之相关的岁时节令文化，成为中华民族传统文化的重要组成部分。节气以立春为岁首，要举行各种民俗活动，是上古时代礼俗中的祭祖、祈福、迎春等活动的主体，它所发起的岁首节庆民俗活动还有民事的功能延续至今。《史记·太史公自序》

的"论六家要旨"中对"廿四节气"做了陈述，汉武帝太初元年（公元前104年）制订的《太初历》吸收了干支历的节气成分作为指导农事的历法补充，采用圭表测日影长度以作测定，"二十四节气"从表象而深入数理。

作为上古农耕文明的产物，"二十四节气"在中国传统农耕文化中占有极其重要的位置，蕴含了中华民族悠久的文化内涵和历史积淀，是先民效法自然、顺应自然、利用自然的观念之表现，是天人合一的智慧之外显，是中国人对宇宙、自然的独特认识。"五声，六律，七音，八风，九歌，以相成也"（《左传·晏子对齐侯问》）中的"八风"，就是"八节之风"，是"二十四节气"在文化生活中的艺术融会。"二十四节气"在2006年成为中国"非遗"名录后，又于2016年成为世界"非遗"名录，不仅泽惠于华夏大地，还跨出国门，走向世界。天文、地理、气候、风俗等融为一体，这样的厚重文化自然会成为文学作品的题材，诗词文赋中早有其身影，唐代著名诗人元稹就专门写了《咏廿四气诗》，"春冬移律吕，天地换星霜"（立春）、"大暑三秋近，林钟九夏移"（大暑）等。无独有偶，敦煌文献中也留有卢、元相公的《咏廿四气诗》，它被认为是敦煌唐诗作品中的上乘（包菁萍语），其中的清新明丽之韵律，有盛唐之气息（戴伟华语）。在唐代，还有韩愈、贺知章、杜牧、孟浩然、刘禹锡等人留下的诗篇佳句，而宋代的欧阳修、杨万里、陆游也都有专题诗词。在近代以来的音乐作品中，以二十四节气为题材的亦不在少数，江文也的《乡土节令诗》、廖胜京的《中国节令风情》、杨青的《万物生长——二十四节气交响套曲》、刘聪的《四季诗谣》、张舒文的《二十四节气》等，都是大型套曲；冯勇的室内乐《惊蛰》、央央的筝曲《惊蛰》、张友殿的歌曲《惊蛰》等则是以惊蛰为题的创作。著名文学家林在勇先生的《廿四节气诗词曲100首》是新时代文化语境下的新探索，他在自序中对"廿四节气"创作的文化语境做了阐明，而节气中蕴含的科学、文学、诗意等传统是他着力致敬的初衷。这一专题作品集构思精巧，内涵丰富，诗词创作技巧与文化寓意均为同类中所仅见，是目前所见以最为宏达的篇幅而吟咏"二十四节气"之作，以诗词曲的体裁之衍变而多维度显现"廿四节气"的题材之丰富，令人拍手叫绝，叹为观止。

以体裁之变而显现多维视角，并于其内融汇多元节气之内涵，体裁托起的节气题材之内涵，以妙文巧意发扬传统文化，展现出林氏文风的"循道生发，古道新文"的绮丽特点。他在古体的诗、词、曲结构中展现了既定内容的别样精致，是他作为训练有素的文学家的扎实基本功之显现，这是非一般学人之所为。

以其书中来看，有五绝、七言诗各24首，词24首，南曲24首，另有北曲4首，诗的48首已在其他著作中有所展示，而后的

52首则是新创。其中涉及的文学体裁之广，触及的创作技巧之难，显现了作者的创作能力及才情。

在五绝中，林先生注意抒写的简洁明晰，表情达意。如在"立春"题材中以"温寒"入题，以"春潮与蕙风"作结，准确地写出了立春带给人的在身体感受、心理想象的特别之处，是行文开头"非确凿"的立意的呈现。诗作以20个字的简短篇幅表现了立春节气中人的多变的身心感受。其七绝中的"立春"仍有"寒温"，但却以"何处新""感天人"对其做了感受的逻辑关系构建，而"已是春"是来自"未合阴阳数"的意象递进。注意呼应关系的文意构建与节气中身心感受的微妙应和，是林先生以体裁之变而展现节气中的气候与人文的联结这一方式的具体表现，诗作虽是抒情写意的文化表现，却也旨在指点身心实感的节气寓意、文学与科学的融会，从而展现节令诗的特点。唐诗中的五绝、七言都注意叙事写景与诗意点睛的前后关系构建，林先生的诗也秉承这样的学术传统。如他在五绝《立秋》中写道："风神召雨师，驱暑洗天时。金气悄生出，伏中人不知。"该诗前两句以寓指的手法展现立秋时的天气转换，直观而又不失生动；第三句从陈述事实而有所转意，"悄"字妙趣横生，将"金秋之气"慢慢到来做了传神化的点题；后一句话风更转，"人不知"有表意和含意两种，一说天气"悄然"变化而让人感受不到，二说世事变化使人不易觉察，展现金秋即将到来时人们怡然自得的释然状态。这可能是作者彼时的怡然之态，也意在展现人们生活的悠然之态。在七绝《立秋》中他写道："炎心凉念转相生，时至申金含肃庚。余势犹烧三伏火，立秋岁岁浪虚名。"这一节令诗的前两句也写了由热转凉的时节，并写了申城的金秋，地方的实指为其后二句的转意奠定了指向性，"烧"字用得明确，可以想见此时的申城还有三伏"火"的热浪；最后一句照例是诗眼，"浪虚名"也是语意双关，一说此时的立秋并无秋意之凉，二说"含肃庚"的延伸意义，意在节令诗"立秋"之外矣。

以不同的词谱写二十四节气，是林先生以词体展现其在词牌结构局限中的超凡写作能力所在。从词牌与不同节气的对应关系不难看出，作者的文意的符号化指向也是早做规划的。如"朝玉阶"对应"立春"，既有纸面的意向所致，也有隐含的雅意相连；"步蟾宫"对应"雨水"是取其都有水的直面之意；"冉冉云"的上升之意与"惊蛰"的万物初生的生命萌发，也有其间的意思相合；"金蕉叶"中隐含的夏意与"夏至"的节气也是意思相连的。总之，林先生的词牌之体与其要表现的节气之物象是有关联的意思存在的，而非仅做体裁的格律结构之选。其语意的所指与意义的能指相契合，是林先生在语言符号学运用方面的巧妙之处。词牌为其内容提供了格律与结构的规制，林先生将其内容描绘其间，这又是其笔法所在，意思的通达，意境的升华，是他所做的两处之妙。如《甘州令·冬至》，上阙"碧空开，缥气降，温寒顺次。交九数、及壬方始。地天凝，更添了，许多风致。润玲珑，寂璎珞，冻翡翠，爱他都似"。以写景叙事为主，展现冬至时的气候景色，但也有其落点的点睛之笔——"更添了，许多风致""爱他都似"，实景与实情次第相连。下阕"各红烛酒，一馨香纸。敬先祖，慎终人子。岁团圆，日往复，喜将年事。欲迎新，怕怀旧，合欣怅，此情冬至"。写了冬至特有的民俗"敬祖""喜事"等，词的落脚点是"此情冬至"，情至是冬至的情感追求，是这一节气的温情所在，也是这一节气"吃饺子"之类的民间习俗的文化寓意。曲分南、北，一方面展现了音调上、文法上的南北风格特点，另一方面也进一步提升了体裁的艺术化。作为古之文学艺术化最高的形式之一，南北曲在现行的古体诗词的写作爱好者中是较少有人创作。林先生不畏写作的繁难，并能在二十四节气的既定内容范围内再做融会，且能一挥而就，下笔如有神，真是将体裁的运用发挥到了极致。南曲中以曲牌"啄木儿"所写的"立春"，"才过新正身乍暖。未觉他动了风天，想有历书儿管。立春更将元宵伴，佳人好花应相唤，整起香风灯月观"。该曲实写的"乍暖""风天""元宵""灯月"等是与"立春"的节气有关的可见实景。但在推出这些实景前后，其曲都有意境化的舒展，如"无端乐，何事欢""佳人好花应相唤"等，前铺、后垫的文意空间构建，为其舒展开来的抒情做了逻辑层次上的铺陈，这样展现的节气在情致上也就变得颇有雅趣了。同样，在北曲中，林先生在"百字令"的曲牌中所绘的"立春"时令也是那样的飘逸潇洒，处处洋溢着俊丽之气："立春时令，愿风花各好，人天无恙。今岁欢来谁做主，尽作祥和模样。在我都安，有情皆利，凡此欣欣象。龙抬头早，更加云雨疏宕。"前三句展现了立春时的天气所愿；后二句的设问而后答，将"岁欢"与"祥和"予以对应；再后三句还是祈愿，逐层推进，落于"欣欣象"；最后二句看似写实地展现立春的气象，但却是点题，"云雨疏宕"既是实指，也有寓指，展现立春这一传统上最早一个节气的"龙抬头"的早发之气象。

以古体文学体裁表现二十四节气的题材，

林在勇在其著中不仅展现出其限定文体中的文学驾驭能力，运筹帷幄的气度，还以其深厚的情怀展现出他发扬经典、致敬传统的学术精神。他以流丽婉转、畅达潇洒的笔法，将由《淮南子》完善而成的"廿四节气"文化再次渲染，是身为《淮南子》文化原产地人的笔者最为感佩之处。"落几笔、樽前可想，唱三行、诗底能藏"，愿林先生的诗曲才气能激发更多人去喜爱《淮南子》；"岁有恩情可怀恋，余香浅浅，相思远远"，愿中华传统经典文化源远流长，林先生佳作连连。

是为之序。

王安潮于甲辰惊蛰

（作者为西安音乐学院音乐系主任，教授，

博士生导师，作曲家，音乐理论家）

廿四节气五绝

24 首

五绝·立春

温寒非确凿，
心气渐豪雄。
今日立些住，
春潮与蕙风。

五绝·雨水

时来将预春，
寒雨悄然新。
月令言何事，
不曾辜负人。

五绝·惊蛰

何事降雷神，

时来运转轮。

梅残犹冻色，

莺啭为知春。

五绝·春分

正值三春日，

还分四季天。

夜凉今午燠，

晨夕各怡然。

五绝·清明

三年荒两祭，
纷雨近清明。
燔告唯家事，
儿孙岁有成。

五绝·谷雨

三月雨兼旬，
摧红向晚春。
田家望收意，
霖久不嫌频。

五绝·立夏

立夏贵尝新，

枇杷正可亲。

俗传今斗蛋，

有秤欲称人。

五绝·小满

光风仲夏天，

谷长雨滋田。

更有心情好，

船高看涨川。

五绝 · 芒种

春闱仲夏初，
抱脚急何如。
佛问都忙甚，
种田还读书。

五绝 · 夏至

夏至临端午，
宜多旧俗风。
人心收拾起，
治道寓其中。

五绝 · 小暑

江南梅雨涟，
入伏汗蒸天。
学子休长假，
劳人未息肩。

五绝 · 大暑

云散不成雨，
炎炎苦未休。
空言今暑大，
更热在前头。

五绝 · 立秋

风神召雨师,
驱暑洗天时。
金气悄生出,
伏中人不知。

五绝 · 处暑

暑热早中晚,
旬长一二三。
还逢秋老虎,
出伏半空谈。

五绝·白露

渐染桂花香。
秋来暑气长。
谁言今褪尽，
南北各炎凉。

五绝·秋分

物我两清爽，
人天皆喜欢。
秋成分美意，
好事恁多攒。

五绝 · 寒露

金风玉露亲，
偶滴桂花晨。
九月迟秋意，
连旬暖似春。

五绝 · 霜降

夜雾覆均匀，
温纱遍处银。
晨兴皆睡好，
草木小阳春。

五绝·立冬

花面卸容妆，
但留松柏苍。
余温知不久，
天意嘱含藏。

五绝·小雪

莫将黄历看，
任性是天官。
无雪无风雨，
时来冬不寒。

大雪

五绝·大雪

水临寒凝局，

花飞风驻天。

交时冬亥子，

晴雪各随缘。

五绝·冬至

物极六阴爻，

一阳来复交。

天心应可证，

寒树看新苞。

五绝 · 小寒

变化总无常，
浮光疑月霜。
温寒三百六，
今日北风忙。

五绝 · 大寒

梅老雪花新，
尖风又一轮。
寒天应耐下，
日日近阳春。

廿四节气七绝

24 首

七绝·立春

岁岁周行何处新，
变来微妙感天人。
寒温未合阴阳数，
却道从今已是春。

七绝·雨水

何曾飞雪到人家，
七九寒天滴露华。
总是江南三点水，
不消指日更浇花。

七绝·惊蛰

不信天时万里同，
江南半雨半晴风。
春眠未觉吾身伏，
梦到雷惊瞌睡虫。

七绝·春分

暄风戏画一池皱，
暖日徐回百草匀。
恰好心情分不得，
看前看后两边春。

七绝·清明

将生将灭莫非化，
或雨或旸皆有情。
气血之身应感触，
悲欢忽尔更分明。

七绝·谷雨

思农我故矜高远，
四体不勤只诵吟。
谷稗均沾天好雨，
阴阳合看道无心。

穀雨

七绝·立夏

已惯春来天渐暄，
思将两季接熏温。
热前先至兜头雨，
瓢泼欲人无自昏。

七绝·小满

江南多雨河渠涨，
塞上长晴黍麦圆。
自古恒言谦受益，
偏教两处满盈天。

七绝·芒种

辛勤近获麦金黄，

努力犹栽晚稻秧。

春尾夏头尚得种，

天时两季见锋芒。

七绝·夏至

阳盛阴滋天色开，

青枝绿叶悄成材。

夏长漫说今为最，

去岁蝉声昨已来。

夏至
甲辰暑月
金鴻

七绝 · 小暑

最是人情喜倒颠，
出梅又念出梅前。
将收云雨多晴热，
难耐更难三伏天。

七绝 · 大暑

镇日蝉声至夕曛，
祈凉大色火烧云。
热蒸一夏连三月，
问暑如何大小分。

七绝 · 立秋

炎心凉念转相生，
时至申金含肃庚。
余势犹烧三伏火，
立秋岁岁浪虚名。

七绝 · 处暑

盛夏极繁秋一轮，
烹油烈火满山薪。
今携余热沉潜处，
好做旁观冷静人。

七绝·白露

平生未遇此熬煎，
三伏长如六伏天。
白露有些秋意思，
忘经凉热愿丰年。

七绝·秋分

祭月送牛吟菊篱，
古来今日是佳期。
重农新定丰收节，
为政无如此事宜。

七绝·寒露

悄月秋寒露早生，
肌肤诚实眼浮明。
一声叹息如风至，
听得窗前划叶轻。

七绝·霜降

生长江南易作人，
秋阳尚好暖兼旬。
老夫不欲初霜至，
鬓白涂遮且当春。

霜降

甲辰秋月
焦林畫

七绝·立冬

四时八节一年终，
今日观天或不同。
纵有阳春几分意，
报闻北地雪乘风。

七绝·小雪

来下犹含日月精，
居高自结水云盟。
天生白雪因何事，
点化此心同一清。

七绝·大雪

大雪江南不雪讯，
兆丰瑞处缺寒衣。
今时莫忘老黄历，
饱暖及人无失机。

七绝·冬至

日短穿虚气静嘉，
泱茫旷溙地天涯。
一年到此无香色，
花信风将雪作花。

七绝·小寒

冷肃平添几点红，
窗花剪贴扎灯笼。
小寒渐向新年里，
勾起温情腊月中。

七绝·大寒

最喜闹忙残岁中，
祭牙送灶贴年红。
日寒一日才三九，
将耐几场西北风。

廿四节气词

24 首

朝玉阶·立春

今日天光胜昨新。信来嘉节气，历书真。
心情微妙岁初旬。前头何日子，水云身。

有花名字不曾闻。猗傩颜色好，亦香芬。
拈来唇上欲相亲。莫非人也是，正当春。

步蟾宫·雨水

才将新梦入春睡，见收了、雪花纷坠。变
寒温、没个准来时，怕也似、矫情滋味。

细声轻落纤纤碎，远近遍，早春雨水。洗
前尘，浇块垒，沐深恩，想应是，承天之馈。

冉冉云 · 惊蛰

木月初来土生克。晨卯兴、五行规则。萌发处、乙乙滋张无息。莫不是、都须着力。

地气音声又归默。谛听时、便来耳侧。爻象观、大壮雷天风色。把个虫儿惊蛰。

摊破采桑子 · 春分

一年来此欢心至，里外精神。变个忙人。水色天光各各亲。也罗，前后日、把春分。

残寒想必明都尽，大地回温。畅气舒身。看取桃花柳叶新。也罗，前后日、把春分。

摊破南乡子·清明

雀跃踏青行。春气息、芳草生生。有花无花都中看，这般也好，那般也好，饶是多情。

风把一边晴。云色渐、暗了山陵。当时悲涕如重至，先人可好，长思来也，纷雨清明。

七娘子·谷雨

暖风吹老群芳去。不数旬、繁绿红余绪。算此春来，日才多许。秀荣阡陌应谷雨。

今春羁误游春旅。但凭窗、想个花间语。惟愿郊田，生生有趣。农时不误秋来遇。

立夏
庚子五月
谷利

后庭宴 · 立夏

春恨折花，絮烦飞厦，雨风晴热寻相骂。道心微妙学无成，吾今从众形而下。

因因果果形名，时令验之空话。桔耕耘耨，妨岁伤春稼。恁样且听天，此时方立夏。

鞓红 · 小满

望收犹早，祈蚕不晚。这档口、青黄待转。此心不足，总多期盼。岁月好、人间遂愿。

涨饱园田，敷盈池堰。夜向昼、霖霖续断。福宜勿过，泽当无漫，似这雨、唯应小满。

贺熙朝·芒种

五月人天皆倥偬，雨将花送，节来芒种。南方稼稻，北方收麦，各无闲空，劳者耕垄。

有忙才好裕资用，恰去岁黄粱，新扎糯香粽。倘槐根长梦，端午放舟，何以脩贡。

金蕉叶·夏至

云星遍洒乌金纸。今宵短、梦回伊始。几处蝉鸣，却还嘶哑声娇稚。一似去年夏至。

司晨不待金鸡起，五更初、震位明矣。日长许个明旸，万物生无已。尽在好光天里。

明月逐人来 · 小暑

徐行乌兔。闲停龙虎。都无个、替人遮护。热真来际，上蒸兼下煮。却说今才小暑。

初伏方将，三伏更难与处。祈天上、谁能做主。体恤世间，生计还须顾。勿致焦枯地步。

握金钗 · 大暑

悬日系时停，晴光扣风住。旱荷红白当午。湿热交蒸溽滋土。人悄伏，物安生，天大暑。

昏夕月辉生，东南海风阻。仰观河汉星数。有似初云略起处。长日子，算秋来，将几度。

甘州遍·立秋

才三伏，晴热八风休，片云收。浓荫烈照，喧蝉寂鸟，劳人逸驷暑悠悠。

星撒雪，月抛钩。璇玑一个消息，天道总周流。趁人睡，悄雨五更头。恰温柔，可亲可爱，此刻好晨秋。

芭蕉雨·处暑

节气谁言处暑。尚多难耐日，须相处。偶为雨停风住。犹是酷热熬煎，逢秋老虎。

可怜天上织女。须托鹊儿聚。如七夕这般、相思侣。七月半、放河灯，长夏又念劬恩，伤怀触绪。

厌金杯·白露

　　旬望秋成，时推景数。爽清来、绮园瑶圃。五行金气，也惜好风情，亲草树。几滴朝阳白露。

　　合着温凉，转将昏暮。半圆月、寸天移步。女人学子，爨馈读书忙，无暇顾。才是人间妙处。

白露
甲辰立秋
谷科写

缑山月·秋分

　　爱煞出朝暾，欣然入夕曛。丰收时节感天亲。若心情可画，红也似，金还是，染祥云。

　　年年天气中秋好，今岁切于身。伤春熬夏幻如真。到天开雨后，俱往矣，都安否，享秋分。

玉梅令·寒露

才经爽雨，便有清新宇。微风把、桂花香具。正稻金一片，点缀色青红，霞未尽，月辉早遇。

圆明静好，常每逢三五，中秋月、岂为异数。自夜深晨近，太白又长庚，伊为守、一身寒露。

惜黄花·霜降

风凝霜降。雾开烟上。到深秋，待晴来、似春模样。残菊气迟香，止水波微漾。正看得、一天清旷。

人间虚象。梦中实况。欲思量，总多些、莫能依傍。一世未相安，三国新交仗。可预者、入冬风向。

胜胜令·立冬

江南秋味，把个春浓。柳枝摇绿透花红。天怜见的，小阳春，煦和风。正不晓、何处立冬。

几个姑娘，衫曼妙，舞惊鸿。莫非佳日久长中。鸦儿懂事，预先将，羽蓬茸。转瞬间，将变异同。

檐前铁 · 小雪

朔风兴，便把阴阳，生生阻绝。已开冬、节气不怜人，天地闭藏凝结。寒酥降，璇花放，或未有、招来帖。

鸿飞阵、尽天边，早往峤南将歇。都无管、岁头年尾何时雪。徙善如予，也向海天涯，山岛惬。

郭郎儿近拍·大雪

大雪。明知故问飘风，谁使梨花天漫撷。谁接。欲整诗箧。将吾欢喜吟来，絮絮绵绵恒不竭。

琼屑。遍撒人间，莫把上下分别。一体均平，清新世界，远徕而近悦。日头低、更析精光，长夜来时还映月。

甘州令·冬至

碧空开，缥气降，温寒顺次。交九数、及壬方始。地天凝，更添了，许多风致。润玲珑，寂璎珞，冻翡翠，爱他都似。

各红烛酒，一馨香纸。敬先祖，慎终人子。岁团圆，日往复，喜将年事。欲迎新，怕怀旧，合欣怅，此情冬至。

红林檎近·小寒

魁斗低垂没，杓衡深隐阑。四睇无所向，一思莫其边。渐来玄云冷月，竟是蛰气沉天。或作雾雨临轩。长夜不能安。

腊八从老例，三九近新元。炎凉世态，循环还过年年。愿宽心排闷，舒筋活络，酒香阵里驱小寒。

江城梅花引·大寒

梅花香处感人天，雪堪怜，树堪怜。红白青黄，触目各新鲜。廿四节时行到底，老阴变，少阳生，不大寒。

人喧，鹊喧，径自欢。去一年，迎一年，说好也好，总是好，有盼前边。多半存心，做个好人先。岁岁何烦周复始，应为着，此生生，又焕然。

廿四节气曲 24 首

[南曲]

〔南曲〕啄木儿·立春

无端乐，何事欢。才过新正身乍暖。未觉他动了风天，想有历书儿管。立春更将元宵伴，佳人好花应相唤，整起香风灯月观。

〔南曲〕傍妆台·雨水

冻云天，丝丝垂雨到春轩。寒柳无萌意，绿草未曾先。八九痴情早，等了风吹霰。心安好，春尚远。晚来月霁梦如烟。

[南曲] 四块金·惊蛰

龙抬甚头，上巳开云景。长冬尽九，二月还稍冷。新阳但有晴,自将花树兴。忽尔雷惊，倏然虫醒。又无名，惹教心生出好些憧憬。

[南曲] 画眉序·春分

景明天，画雨诗风已经先。更将春分了,胜日瞻前。戴星月春水行田,饰宇院韶风归燕。算来旬在桃花节,偷酣便藏红面。

［南曲］孝顺歌 · 清明

青丘望，气遘纷。霏霏雨中谁断魂。烟岚化冥缁，烟岚化清酞，烟岚又隐。冷草怜花，风动矜悯。似此清明，山行更念先人。【换头】总多情未了，多情为感春。人患有其身，人患有其亲，人也费神。岁岁春来，将春相认。耳目遥虚，牧童送笛升云。

［南曲］绵搭絮·谷雨

好风将雨到春溪，涨满春堤，映晴光东
到西。备锄犁，听啭黄鹂。望收耕垄，布谷青
畦。欢快何多，行向春田双脚泥。

［南曲］解三酲·立夏

到此际满心舒畅，岁节里算来今旺。耕
耘整春身无恙，诗做了万千行。许将善业遗爱
棠，一季应知何事忙。观模样，人天正好，血
气方刚。

小滿

戊辰夏五月
登桂

〔南曲〕月儿高·小满

天地嫌盈满,淋漓但排缵。为这农家事,雨季河渠漫。天理见仁心,生生义相贯。自然循节气,把个人间管。

〔南曲〕西河柳·芒种

左右缠,前后卷,一笼粽儿蒸糯软,淹酒杨梅入夏圆。青皮叶子妍,红油肉米鲜。香囊艾草端阳宴,赛个龙舟也将芒种演。锦标处紧争先,赚得是丰登大年。

〔南曲〕江儿水 · 夏至

一庹蒸笼气，雨后潮。忽然又把炎阳照。热煞人儿如何好，乍来盛暑今年早。还有蝉声聒噪。问怎支消，树上回音知了。

〔南曲〕锁南枝 · 小暑

炎炎夏，自读书。身心两清何所图。念他劳力工农，不（能）够安闲度。当感怀，谁更苦。把良心，未相负。【换头】骄阳缓西去，金光向晚虚。月共微风来探，灯火无数声香，善做心猿驭。魁斗神，天上居。仰观瞻，迓星雨。

〔南曲〕驻云飞·大暑

三夏难熬，畏暑嫌烦人怕老。晨夜蝉鸣噪，里外车喧闹。嗦。炎日要逍遥，住山才好。指望东南，欲等台风到，还是云丝无半毫。

〔南曲〕朝天歌·立秋

花蔫人倦，今翻九夏篇，挨到改时天。才行三步，吴牛还惫喘。伏长谁遣免，炎长季迁延。弗曾见金风爽气秋来，怕还要汗蒸蚊咬，紧慢常拿扇儿扇。

［南曲］玉芙蓉·处暑

　　云边尽晚霞，月下开琼斝。漫香风气好，伴老荷花。西瓜熟大成秋价，天凉固佳无复加。余温夜，鸣蝉唱蛙。正消停世间应许动听夸。

［南曲］一江风·白露

　　又佳期，百谷秋登际，五彩花山异。似今欢，气已清嘉，风偶涟漪，露精成滴。人天正两宜，明年度夏衣，欲有个存他地。

〔南曲〕红叶儿·秋分

数得出天星宿，难言多少愁。要死了鹊药尽无从救，这揪心他知否，相思人恰好在月中秋。圆圆镜，见还羞。明明觉得，昨要比今还瘦。谁真能把秋分，银盘分半钩。钩，着将红线收。

〔南曲〕香罗带·寒露

方将春夏来，忙忙去哉，光阴觉时人叹唉。寒天此刻起风埃也，露草微虫感，断声哀。悲秋悯老无尽怀，总说伤春也，却要他明春花再开。

〔南曲〕水红花·霜降

清秋还暖半天烘，万山红，霜风催送；
闲阳蔫悄自西东，岁行匆，流光催送。想人谁
谁今夜，心意也应同。寒星无语寄微衷。也罗。

〔南曲〕皂罗袍·立冬

尚忆金风香桂，趁清高月色，雁早南飞。
谁想秋深似春归，冬来更作阳春味。补冬新酿，
欣尝嫩醅；交冬乡宴，相传瓦罍。温寒未卜先
成醉。

〔南曲〕懒画眉·小雪

渲色挥云染天涯，点实红梅虚映霞，净烟归处是人家。雪意凭空画，来下纷纷应胜花。

〔南曲〕马鞍儿·大雪

凛冬时节安然景，风消歇、静无声。平川树影铺匀整，碧云天苍茫万顷。相看幽昏悬日，变生来点点琼英。人间有念天予应，童心盼雪，魂祈梦请。吹呵手，谁怕冷，抟花堆粉象人形。香敷面，巾系颈，大红丸子做双睛。

［南曲］销金帐 · 冬至

晨兴勉强，便好生将养。矮朝暾，高太阳。合是半依黄历，半依天象。怀恩祷祉，先人报享。未尽方生，总把阴阳想。从今数来，天行旺相。

［南曲］锦法经 · 小寒

才过年，将过年，匆匆年又年。岁有恩情可怀恋，余香浅浅，相思远远。乱风把半枝梅，数九寒天见，到了窗前。知得言难尽说，还留着写冷金笺。

［南曲］大胜乐 · 大寒

冬杪多忙过年事，糖儿供、灶王爷祀。天寒人老嫌烦，好生将就些子。

节气曲 4 首

［北曲］

［北曲］百字令·立春时令

立春时令，愿风花各好，人天无恙。今岁欢来谁做主，尽作祥和模样。在我都安，有情皆利，凡此欣欣象。龙抬头早，更加云雨疏宕。

［北曲］四块玉·画春分

翰墨分，丹青尽。恼春雨，惊春雷，怨春人，向三春刻画无名恨。上下寻，前后认，来去魂。

［北曲］三棒鼓声频·清明新月

（步元曹明善韵）

神仙遇也，琅苑开着，缈难画写，幽作风赊。痴心有意念记些，寻个谁说。纵星稀却有灯依月，还映长夜。东方斗杓时欲热，来指魁杰。凝神目花飞乱雪，人世纷遮。当能定策儿须在舍，得空邀诗社。岂将杂事缠，春心折，春老也、驻颜当趁节。

附：三棒鼓声频·先生醉也

先生醉也，童子扶着，有诗便写，无酒重赊，山声野调欲唱些，俗事休说。问青天借得松间月，陪伴今夜。长安此时春梦热，多少豪杰。明朝镜中头似雪，乌帽难遮。星般大县儿难弃舍，晚入庐山社。比及眉未攒，腰已折，迟了也、去官陶靖节！

〔北曲〕蟾宫曲·立冬雅集

　　吸深云、雨破天霜，古榭临风藉水流觞。玉气泱泱，仙鹅朗朗，金鲤忙忙。落几笔、樽前可想，唱三行、诗底能藏。唯澹方长，有闻宜香，好酒淞阳。

范面神客粗但唱
松柏舊餘溫知不
久天去真峰室藏
林老勇五絕書於六九岁科

后　记

2016 年 11 月，联合国教科文组织宣布，中国的二十四节气入选人类非物质文化遗产代表作名录。我觉得将其视作文化遗产还远远不够，二十四节气更是活化的传统，并具有当代价值。它可以更好地让我们理解中国人以往的生活，认识中国人精神的特质，激发中国情致情怀和文化自觉自信。

二十四节气是科学的。约略 30 天一个周期的月相变化非常直观，世界上不少古老民族都通过观察月相而采用阴历。但中国人了不起的是，早在先秦时代就掌握了二十四节气，并在2000多年前的汉武帝时期就将二十四节气纳入《太初历》，正确地反映了地球绕太阳公转的周期规律。每个节气的精准定位，使得中国人俗称的阴历、旧历、农历成为兼备阴历和阳历双重功能并指导生产生活的科学历法。

二十四节气也是文化的。天象的变化，如北斗七星斗柄的指向，相应于气象的变化、物候的变化，这让古代中国人把日子活得明明白白，把农业搞得扎扎实实，把生活过得热热闹闹；甚至形成了天人合一的囊括生态、政治、社会、人生的观念体系，并由此演化成独具风格的生活样态。

二十四节气更是诗意的。"清明时节雨纷纷，路上行人欲断魂。借问酒家何处有，牧童遥指杏花村。"杜牧这首诗把暮春三月的风物景致、踏青游春、缅怀先人、生活情趣等都鲜活地描叙了出来，像这样优秀的节气诗词何止百千，无关我们能够背诵几首，这些实际上都已经悄然融入了我们的思想感情和生活。

为了向传统致敬，为了记录生命的感怀，我曾经陆续写下了关于二十四节气的诗词曲，形成了系列。由一位作者，比较系统地，并且运用诗、词、曲诸种古典韵文形式，吟咏二十四节气的情况，古今比较罕见，这就是本书的特色。

以我多年来的切实感受，每到一个节、

一个气，大自然确实会有一些微妙的变化。即便"温寒非确凿"，但在我，也会触发"心气渐豪雄"（《五绝·立春》）。每到一个节气，大都不是为写而写，总会天人相感，确认天人皆到了一个新的节点，有了新的欢喜和憧憬，就很想去抓住一些什么，"今日立些住，春潮与蕙风"（《五绝·立春》）。作为一个诗人，总该有那种对生命体验的敏感知觉和细微感动。"月令言何事，不曾辜负人"（《五绝·雨水》）。

我常把节气二字藏在诗中，是为把节气写得分明好记。例如《五绝·春分》："正值三春日，还分四季天。"再如《七绝·春分》："恰好心情分不得，看前看后两边春。"《五绝·大暑》："云散不成雨，炎炎苦未休。

空言今暑大，更热在前头。"用不太寒冷反义写大寒，"廿四节时行到底，老阴变，少阳生，不大寒"（《江城梅花引·大寒》）。用复合交织的情感冬天长有来写冬至，"欲迎新，怕怀旧，合欣怅，此情冬至"（《甘州令·冬至》）。

节气往往关联风俗，各地虽不尽相同，但写来也多有共鸣。如《五绝·立夏》："立夏贵尝新，枇杷正可亲。俗传今斗蛋，有秤欲称人。"江南的立夏习俗里就有所谓"荐三新"，指新熟的樱桃、青梅和麦子。先以"三新"祭祖，再分而尝之。还有斗蛋游戏，"立夏蛋，满街甩"，白煮蛋装在彩色丝绒线编成的小网兜中，挂在小孩子脖子上。斗蛋就是比谁的蛋壳硬，蛋头撞蛋头，斗破了壳的为输，把蛋吃掉，而那个斗不破的被尊为"蛋王"。民间为此还生出谚语，"立夏胸挂蛋，小人疰夏难"。立夏称人是轮流坐到秤钩悬挂的凳子上称分量，话吉祥。至于冬季准备过年，北方剪窗花，南方祭尾牙，同中有异，异中有同。《七绝·小寒》："冷肃平添几点红，窗花剪贴扎灯笼。小寒渐向新年里，勾起温情腊月中。"

我写节气诗，也注意不只是描写节令物候，还要把物候景色写出情趣。如《七绝·冬至》："日短穹虚气静嘉，泱茫旷漭地天涯。一年到此无香色，花信风将雪作花。"二十四番花信风是古代常见的一个节令用语，以应节令而开的花卉作为标志，以花为节令的信使，故称花信，而风应花期，又有了"花信风"之说。从小寒到次年谷雨四个月中经过八个节气，一个节气十五天分为三候，一候为五日，总共二十四候。从小寒的梅花到谷雨的楝花，二十四番花信。冬至在小寒之前，此时梅花尚未应期而至，而诗中故意把北风飘雪写成是一种别样的花信风。

有些诗寄寓了一点哲理思考。如《五绝·立秋》："金气悄生出，伏中人不知。"如《五绝·白露》："渐染桂花香，秋来暑气长。谁言今褪尽，南北各炎凉。"如《五绝·秋分》："物我两清爽，人天皆喜欢。"如《七绝·清明》："将生将灭莫非化，或雨或旸皆有情。"《七绝·谷雨》："谷稗均沾天好雨，阴阳合看道无心。"《七绝·小雪》："来下犹含日月精，居高自结水云盟。天生白雪因何事，点化此心同一清。"有的诗故意反其题义而出诗趣，如《七绝·小满》："江南多雨河渠涨，塞上长晴黍麦圆。自古恒言谦受益，偏教两处满盈天。"再如，"天地嫌盈满，淋漓但排缵。为这农家事，雨季河渠漫。天理见仁心，生生义相贯。自然循节气，把个人间管"（〔南曲〕《月儿高·小满》）。

节气得诗，必有所感怀，不是单纯写景写物，如《五绝·清明》："三年荒两祭，纷雨近清明。燔告唯家事，儿孙岁有成。"写了普通人清明祭祖时的朴素情感。如《五绝·谷雨》："三月雨兼旬，摧红向晚春。田家望收意，霖久不嫌频。"把古代诗人对暮春雨多花落的失意，写成农家对庄稼雨润旺长的期盼。再如《五绝·小暑》："江南梅雨涟，入伏汗蒸天。学子休长假，劳人未息肩。"既写了小暑天气的特征，写了学生放暑假的欢欣，也寄托了对所有冒暑挥汗服务社会创造财富的劳动者的尊敬。2018年，国家特别将每年秋分设立为"中国农民丰收节"，以此调动亿万农民的积极性、主动性、创造性，提升亿万农民的荣誉感、幸福感、获得感，既展示农村改革发展的巨大成就，也展现中国自古以来以农为本的可贵传统。故以诗赞之，《七绝·秋分》："祭月送牛吟菊篱，古来今日是佳期。重农新定丰收节，为政无如此事宜。"节气诗词虽是节气诗词，但也不仅仅是写节气的诗词。既有一阳来复、岁往年来的微妙感受，"欲迎新，怕怀旧，合欣怅，此情冬至"（《甘州令·冬至》），也有触景生情、托物寄思的心志，"琼屑。遍撒人间，莫把上下分别。一体均平，清新世界，远徕而近悦"（《郭郎儿近拍·大雪》）。

二十四节气整体上非常契合中国天气物候的变化规律，但最适合的是中原，中国毕竟幅员辽阔，南北东西差异是客观存在的。我身在江南，也常写一些节气与本地气候的差异情形，从中也发现了一些有趣的现象并做一些诗意的思索。如《七绝·小暑》："最是人情喜倒颠，出梅又念出梅前。将收云雨多晴热，难耐更难三伏天。"《七绝·白露》："平生未遇此熬煎，三伏长如六伏天。白露有些秋意思，忘经凉热愿丰年。"

对于违反节气的变化无常，往往也都是当日当时的即兴纪实。"莫将黄历看，任性是天官。"（《五绝·小雪》）"温寒三百六，今日北风忙。"（《五绝·小寒》）但终究是怀揣着希望，从天候的多变中仍然能体会到人天谐顺的规律。如《五绝·大寒》："梅老雪花新，尖风又一轮。寒天应耐下，日日近阳春。"作诗不是记日历，节气诗中也要有对待生活的幽默感。如《七绝·惊蛰》："不信天时万里同，江南半雨半晴风。春眠未觉吾身伏，梦到雷惊瞌睡虫。"把自己当成被惊的虫。《七绝·霜降》："生长江南易作人，秋阳尚好暖兼旬。老夫不欲初霜至，鬓白涂遮且当春。"天不降霜，自己也染一染白鬓，仿佛人天一样阳春。

本人才疏学浅，只不过初查查，感觉古人似乎没有谁系统地用一组词牌、曲牌去写二十四节气。于是积累几年陆续完成了两组，即词牌和南曲；北曲也写过一些节气，但尚不成系统。用词曲来写节气显然与五言七言诗又有不同，主要是需要充分利用词牌和曲牌的艺术特点，用词句节奏声律的变化，或舒缓或紧凑，写出节气的特点。曲的方面更有音乐宫调与节气给人的感受之间的内在契合，以及曲牌特有的俗语口语运用。

诗的字句容量有限，不便铺展，而用词牌就另有一番写法。例如《摊破南乡子·清明》："雀跃踏青行。春气息、芳草生生。有花无花都中看，这般也好，那般也好，饶是多情。　　风把一边晴。云色渐、暗了山陵。当时悲涕如重至，先人可好，长思来也，纷雨清明。"上下两阕，互相映衬，写出清明时节万物生长，身心舒畅的春天感受，与难免油然而生的怀念仙人之情，感怀仍然能够共度美好时光的心情，自然递进，并列写出，且把古人这一词牌中习用重复句式字词之妙体现出来。

作为书生，也作为一个生活在群体之中的个人，当然具有人民情怀，我认为，从古到今，那些真正能够关怀世界、关爱他人的诗才是好诗。尤其是现在的我们终日坐在空调房里"四季如春"，怎能不想想必须冒暑挥汗劳作的人们的疾苦，想想旱涝收成对我们的生活的影响。虽然我会写日乌月兔、云龙风虎这样对仗的词儿，却尤须知道一点上蒸下煮、天上世间的情状，如《明月逐人来·小暑》："徐行乌兔。闲停龙虎。都无个、替人遮护。热真来际，上蒸兼下煮。却说今才小暑。初伏方将，三伏更难与处。祈天上、谁能做主。体恤世间，生计还须顾。勿致焦枯地步。"

时光流转，节气继来，这就是生活，要在人间烟火中，感恩国家的发展、祥和的日子。阳历9月，刚开学不久，正是白露节气。这首词写了那时候的美好光景，包括月近中秋时，也许正忙着做晚饭的母亲、做功课的孩子，谁都顾不上抬头观月，但这就是人间最美好的图景。《厌金杯·白露》："旬望秋成，时推景数。爽清来、绮园瑶圃。五行金气，也惜好风情，亲草树。几滴朝阳白露。合着温凉，转将昏暮。半圆月、寸天移步。女人学子，爨馈读书忙，无暇顾。才是人间妙处。"

例如用词牌"步蟾宫"写雨水节气，利用这个词牌多用三字句的韵味，充分体现出宋人作词的奥妙，另用连续三个三字句对仗，层层地把雨水的恩泽写出，雨水洗净了前尘往事，像美酒一样浇开了心中的块垒，以此感受到滋养万物的天意恩泽。《步蟾宫·雨水》："才将新梦入春睡，见收了、雪花纷坠。变寒温、没个准来时，怕也似、矫情滋味。细声轻落纤纤碎，远近遍、早春雨水。洗前尘，浇块垒，沐深恩，想应是，承天之馈。"

词牌当中，往往隐藏着一些习惯用对仗的地方，必须加以讲求。有的词牌多处用对仗，例如《握金钗·大暑》："悬日系时停，晴光扣风住……人悄伏，物安生，天大暑。昏夕月辉生，东南海风阻……"再看《红林檎近·小寒》，"魁斗低垂没，杓衡深隐阑。四睇无所向，一思莫其边。渐来玄云冷月，竟是蛰气沉天。或作雾雨临轩。长夜不能安。腊八从老例，三九近新元。炎凉世态，循环还过年年。愿宽心排闷，舒筋活络，酒香阵里驱小寒"。其中魁斗、杓衡两句是一组对仗，四睇、一思两句又紧接着是一组对仗，渐来、竟是、或作则又是两韵三句连续对仗。领字愿之后宽心排闷、舒筋活络，是平仄相同的对语排比。"腊八从老例，三九近新元"也是一个巧对。

我写这些词牌，都严格依照词牌的规定性以及古代词人优秀作品的写法，该如何用对仗、用叠字，均一丝不苟。如：《江城梅花引·大寒》："梅花香处感人天，雪堪怜，树堪怜。红白青黄，触目各新鲜。廿四节时行到底，老阴变，少阳生，不大寒。人喧，鹊喧，径自欢。去一年，迎一年，说好也好，总是好，有盼前边。多半存心，做个好人先。岁岁何烦周复始，应为着，此生生，又焕然。"曲牌不仅有对仗，如"无端乐，何事欢"（〔南曲〕《啄木儿·立春》）。还有每一个字位的平上去声规定，至于南曲，还有特定字位的入声，如"忽尔雷惊，倐然虫醒"（〔南曲〕《四块金·惊蛰》），忽、倐二字是入声，尔、然二字要求一个是上声一个是平声，都含糊不得。

关于用韵，五绝七绝这样的律诗，我肯

定习惯用的是平水韵。词牌写作严格按照《词林正韵》，不过其间也有讲究。例如《金蕉叶·夏至》："云星遍洒乌金纸。今宵短、梦回伊始。几处蝉鸣，却还嘶哑声娇稚。一似去年夏至。司晨不待金鸡起，五更初、震位明矣。日长许个明旸，万物生无已。尽在好光天里。"尽管纸、始、稚、至，与起、矣、已、里，都在《词林正韵》的第三韵部中通用，但我特别注意了要在上下两阕中，各自按照今日普通话的发音予以区分使用。再如《芭蕉雨·处暑》："节气谁言处暑。尚多难耐日，须相处。偶为雨停风住。犹是酷热熬煎，逢秋老虎。可怜天上织女。须托鹊儿聚。如七夕这般、相思侣。七月半、放河灯，长夏又念劬恩，伤怀触绪。"上阕用暑、处、住、虎，下阕用女、聚、侣、绪，把通用的第四韵部也细分开来，以更符合今日普通话的听觉习惯。

写曲要用好俚俗之语，辗转多姿，另成雅致。如用"知了"的双关语义，"热煞人儿如何好，乍来盛暑今年早。还有蝉声聒噪。问怎支消？树上回音知了"（〔南曲〕《江儿水·夏至》）。在大白话儿里把平上去入四声腾挪，如"嗼。炎日要逍遥，住山才好。指望东南，欲等台风到，还是云丝无半毫"（〔南曲〕《驻云飞·大暑》）。把秋分节气和中秋时节关联，把婵娟相思和月老红线关联，"这揪心他知否，相思人恰好在月中秋。圆圆镜，见还差。……谁真能把秋分，银盘分半钩。钩，着将红线收"（〔南曲〕《红叶儿·秋分》）。

用诗词曲不同的形式写节气，要体现不同的风格。试举五绝、七绝、词和曲，共 4 首不同的《立秋》为例。

五绝·立秋

风神召雨师，驱暑洗天时。

金气悄生出，伏中人不知。

七绝·立秋

炎心凉念转相生，时至申金含肃庚。

余势犹烧三伏火，立秋岁岁浪虚名。

甘州遍·立秋

才三伏，晴热八风休，片云收。浓荫烈照，喧蝉寂鸟，劳人逸驷暑悠悠。

星撒雪，月抛钩。璇玑一个消息，天道总周流。趁人睡，悄雨五更头。恰温柔，可亲可爱，此刻好晨秋。

[南曲]朝天歌·立秋

花蔫人倦，今翻九夏篇，挨到改时天。才行三步，吴牛还愈喘。伏长谁遣免，炎长季迁延。弗曾见金风爽气秋来，怕还要汗蒸蚊咬，紧慢常拿扇儿扇。

最后一首南曲《朝天歌》比较有意思，古人也没有更多的例作，但经典的那首，最后一句是"把这相思担儿担"（上去平平去平平）。读者诸君可以体会一下该作的用心用力处，我写的是"紧慢常拿扇儿扇"（上去平平去平平）。像担字一样，扇字也是前一个用作名词，读去声，而且它能够再加上儿化音，后一个用作动词，读平声。我觉得虽然这是一句看似不费劲的口语化曲词，但真要写成，却还真是需要费点工夫的。

本书100首作品，其中部分曾见录于拙作《雅颂有风——近体古体诗305首》《比兴而赋——词牌创作305例》《韵成入乐——散曲杂剧20曲牌》《谛观四季——壬寅百画诗册》《壬寅存诗400首》《癸卯杂诗500首》，特予说明。本书五绝也多从已发表的七言诗改作。但所录词24首、南曲24首，均为尚未发表的新作。以元明散曲的形式写节气，应该是比较独特的。作为作者，甘苦自知，因为曲格相较于词格更难，句中每一个字均有平上去声固定的格式，南曲还兼有入声，每个字都含糊不得，自觉为继承弘扬曲牌用心尽力了。

深谢中华诗词学会副会长、《中华诗词》主编高昌先生赐序，阐扬之精，奖掖之情，至为铭感。感谢三十多年前先后留校任教的学弟、上海江东书院创始人韩可胜先生，他致力于弘传节气传统有年，影响远播，居功甚伟。十年好友、西安音乐学院王安潮教授，诗文音乐通才，还是《淮南子》研究专家，见此书稿，竟一言不发却连夜写就洋洋数千言序文，令我感激动容。

最后要特别感谢一位我可敬的兄长，荣宝斋书法院原院长、著名书画家王登科博士，他对我的拙作每多鼓励，殷殷厚爱之情溢于言表，惠赐墨宝无数已令我十分感动，竟还日以继夜挥毫作画 24 幅为小书增色，其创意灵动与质雅纯粹，观之哲思风致不减丰子恺而另开妙境也！

林在勇

2024 年 3 月 8 日

图书在版编目(CIP)数据

廿四节气诗词曲 100 首 / 林在勇著. -- 上海 : 上海
人民出版社, 2025. -- ISBN 978-7-208-19232-4

Ⅰ. I227

中国国家版本馆 CIP 数据核字第 2024632XZ8 号

责任编辑　马瑞瑞　金　铃
封面设计　人马艺术设计・储　平
封面及插页书画　王登科

廿四节气诗词曲 100 首

林在勇　著

出　　版　上海人民出版社
　　　　　（201101　上海市闵行区号景路 159 弄 C 座）
发　　行　上海人民出版社发行中心
印　　刷　上海盛通时代印刷有限公司
开　　本　787×1092　1/32
印　　张　5.5
插　　页　4
字　　数　44,000
版　　次　2025 年 1 月第 1 版
印　　次　2025 年 1 月第 1 次印刷
ISBN 978 - 7 - 208 - 19232 - 4/I・2185
定　　价　68.00 元